百年中华奥运梦 ③
——从1908到2008

夏天岛 编绘

纵览百年中华奥运之路，尽享今日中华奥运辉煌！

北京，我们的2008

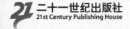
二十一世纪出版社
21st Century Publishing House

SUMMER
www.summerzoo.com

图书在版编目（ＣＩＰ）数据

　北京,我们的2008／夏天岛编绘.南昌：二十一
世纪出版社，2008.8
　(百年中华奥运梦：从1908到2008)
　ISBN 978-7-5391-4316-3

　Ⅰ.2… Ⅱ.夏… Ⅲ.①奥运会－申请－概况－北京市
②奥运会－运动成绩－中国 Ⅳ.G811.21

　中国版本图书馆CIP数据核字（2008）第113951号

杭州夏天岛影视动漫制作有限公司独家授权出版

北京，我们的2008/夏天岛 编绘

责 任 编 辑	周向潮	
责 任 校 对	费艳青	
策 划 人	姚非拉	
装 帧 设 计	夏天岛	
出 版 发 行	二十一世纪出版社(南昌市子安路75号 330009)	
	www.21cccc.com　cc21@163.net	
出 版 人	张秋林	
经 销	新华书店	
印 刷	江西华奥印务有限责任公司	
版 次	2008年8月第一版 2008年8月第一次印刷	
开 本	880mmx1310mm　1/32	
印 张	4	
印 数	0001-8200	
书 号	ISBN 978-7-5391-4316-3	
定 价	15.00元	

Contents 目录

序

2001年7月13日，北京申奥成功！这是一个令中国人兴奋、激动和扬眉吐气的时刻，是奥林匹克运动一次公正、公平和历史性的抉择。北京终于获得了2008年奥运会的主办权！

早在上世纪初，《天津青年》杂志在一篇文章中就提出三个问题：什么时候中国能派出一成绩优秀的运动员去奥运会？什么时候中国能派出一成绩优秀的运动队去奥运会？什么时候中国能邀请世界各国到北京来举行奥运会？

当中国第一次鲜为人知的奥运申办淹没于内战的炮火硝烟中后，百折不挠的中华民族凭借风雨不变的执著，又先后两次申奥，终于成功胜出，圆了所有中国人一个世纪的奥运梦。

"新北京，新奥运"，这是北京申办2008年奥运会提出的口号，也在北京申奥工作中得到了充分体现。

在跌宕起伏、曲折发展的申奥过程中，有一些画面历久弥新，有一些事件感人至深，有一些时刻让你热血沸腾，有一些人物让你难以忘怀……

1

淹没于炮火硝烟中
的第一次奥运申办

奥运申办梦

国民党要员孔祥熙

1945年8月15日，日本宣布无条件投降。中国历时8年的抗战终于以胜利告终。整个中华民族都沉浸在这来之不易的胜利的喜悦和空前的民族自豪感之中。9月7日，中华全国体育协进会在重庆召开会议，第一次提出申办1952年第15届奥运会，并指派理事长张伯苓和名誉会长王正廷与当局协商，至1948年伦敦奥运会再正式向国际奥委会提出申请。这是中国体育组织第一次正式提出申办奥运会。

协进会总干事董守义携"参加1948年奥运会"和"申办1952年奥运会"两份文件，拜访了当时的国际奥委会委员、国民党政府行政院院长兼财政部长孔祥熙。孔祥熙早年留学美国，思想比较开明，对此次申办明确表示支持。

然而，对于当时积贫积弱已久的中国而言，申办奥运会与其说是一个计划，还不如说只是一个美好的梦想——梦想国家从此能繁荣富强，像世界上其他强国一样，登上发达国家的大舞台。

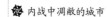
内战中凋敝的城市

1947年初，中华全国体育协进会收到国际奥委会发来的第14届奥运会的邀请函。但是此时的中国正陷入内战泥潭，不要说申办奥运会，就连参加这一届奥运会的经费都成了很大的问题。

为了解决参加奥运会的经费，中华全国体育协进会不得不成立一个类似于"筹款委员会"的机构，推选包括王正廷和孔祥熙在内的7位体育领袖和社会名流为委员，向政府、社会人士和华侨等筹集预算总额为15万美元的参赛经费。

社会人士和华侨都慷慨解囊，然而早在1948年2月18日就向国民党政府呈报的5万美金，却迟迟不见落实。

后来在张伯苓和王正廷的反复催讨下，当时的国民党行政院院长张群急了，竟两眼一瞪撒泼说："钱，没有，命有一条！"张、王两人也怒目道："不给钱，我们给你两条命！"

　　僵持到1948年5月10日，国民政府总算批下来2.5万美金。一个多月后，体协方面才领到这笔经费。

　　后来，担任新中国中华全国体育总会副主席的董守义先生感慨道：“从申请到领款历时4个月零4天，我为此事奔走各衙门共41次，南京和上海之间跑了25次！”

鲜为人知的第一次申办

相比于派团参加伦敦奥运会的这笔经费，承办奥运会所需的开支无疑是一笔天文数字。对于当时经济已濒临崩溃边缘的国民党中央政府来说，申办奥运会无异于是痴人说梦。

至于当初那位应承得非常漂亮的孔祥熙，从1939年当选国际奥委会委员起，直到1955年8月辞去这一职务为止，一次也没出席过国际奥委会的活动。这在国际奥委会的历史上，是绝无仅有的怪事。也许，在当时千疮百孔的国内局势下，申办奥运会实在是太遥远的事情。

1948年底，对国名党政权彻底失去信心的孔祥熙，辞去在南京国民政府的所有要职，携全家飞赴美国定居。

至此，中国历史上第一次申奥——申办1952年奥运会的努力，淹没在了内战的隆隆炮火和硝烟中。

2

DI YI CI BEI JING SHEN AO

第一次北京申奥

1949年10月1日，中华人民共和国正式成立。全民健身运动如火如荼地开展，中国的体育事业突飞猛进。1952年的赫尔辛基奥运会上，终于升起了五星红旗。

然而在之后长达20多年的岁月里，由于政治原因，历届奥运会都是由中国台湾派队参加，而中国大陆的运动员一直无缘奥运会。

这种局面一直持续到1979年。那一年国际奥委会恢复了中华人民共和国的合法席位，并决定中华人民共和国奥林匹克委员会的名称为"中国奥林匹克委员会"，中国台湾省台北市奥委会的名称为"中国台北奥林匹克委员会"。自此，海峡两岸的中国人都有了参加奥运会的机会。

1984年，第23届奥运会在美国洛杉矶隆重召开。中国奥委会派出了拥有225名运动员的庞大代表团，中国台北奥委会也派出了拥有67名运动员的代表团。比赛第一天，许海峰一鸣惊人，不仅拿下了那届奥运会的第1枚金牌，更是拿到了炎黄子孙在奥运会上的第1枚金牌！

那次奥运会中国队计金牌15枚，银牌8枚，铜牌9枚，位列金牌榜第4，以辉煌的成绩向全世界宣布："奥运会，我们回来了！"

至此，75年前的"奥运三问"，已经有两个得到了圆满解答。

万事俱备，只欠申奥。

✿欢庆这来之不易的胜利

亚运会——奥运的美丽前奏

今天，恐怕全世界已经不会有任何人怀疑中国是一个体育强国，是一个有实力举办世界顶级运动会的世界强国。然而，罗马不是一天建成的，中国的崛起同样充满艰辛。

从1976年亚洲体育界正式提出希望中国举办亚运会起，一直到1990年我国成功举办亚运会，足足有14年。这14年中国经历了改革开放，国民经济飞速发展，国力日益增强，中国早已不是那个连凑足奥运会路费也要大伤脑筋的贫弱之国了。

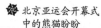北京亚运会开幕式
中的熊猫盼盼

经过一番呕心沥血的筹备，1990年9月22日第11届亚运会如期在北京开幕。这届亚运会是亚运会史上规模空前的一次盛会，无论是在体育场馆的建设上、赛事的安排组织上，还是在运动员的表现上，都交上了完美的答卷。中国运动员取得了令人震惊的成绩，以183枚金牌，107枚银牌，51枚铜牌，总计341枚奖牌完胜。奖牌总数几乎是第2名韩国和第3名日本的总和，金牌数占到金牌总数的3/5。

由许海峰、高敏、张蓉芳点燃火炬

而这次亚运会的吉祥物熊猫盼盼，更是代表了中国**被世界认同，被世界接纳**的渴望。

整个亚运会期间，中国人民整天都沉浸在中国队夺冠的喜悦和激扬的《义勇军进行曲》中。在亚运会闭幕式上，观众看台上打出了大横幅："亚运成功，众盼奥运"、"2000年再见"等。

亚运成功 众盼奥运

新中国第一个提出要申办奥运会的人不是别人，正是改革开放的总设计师——邓小平。

🎖中国改革开放的总设计师邓小平

1990年7月亚运会开幕前夕，86岁高龄的邓小平视察北京亚运场馆。站在体育场平台上，他深情地说："我这次来看亚运体育设施，就是来看看到底是中国的月亮圆，还是外国的月亮圆。看来中国的月亮也是圆的，而且更圆。"

环视眼前宏伟的建筑群，他语气坚定地说："办完亚运就要办奥运。举办奥运会，对振奋民族精神、振奋国民经济都有好处，你们下定决心了没有？"

"为什么不敢干这件事呢？建设了这样的体育设施，如果不办奥运会，就等于浪费了一半。"

🎖邓小平视察亚运场馆

　　在北京亚运会上还有一群特殊的客人。国航两架包机飞往日本，将刚刚在东京开完国际奥委会全会的近60名国际奥委会委员接来参观亚运会。这样的接待在亚运会历史上从来没有过。

　　这些掌握着奥运会命运的国际奥委会委员们在亚运会的闭幕式上，一定也看到了观众看台上的大横幅："亚运成功，众盼奥运"、"2000年再见"。

　　这是10亿中国人民的心的呼唤。

国际奥委会委员们集体出席亚运会闭幕式

中国的"奥林匹克老人"何振梁

说起中国申奥，必须说说何振梁。

何振梁生于1929年，国际奥委会执行委员会委员，曾任国际奥委会副主席、中国奥委会主席、国家体委副主任。他参与国际奥林匹克运动事业50多年，被称为中国的"奥林匹克老人"。

亚运会开幕式后第2天，何振梁及夫人到宾馆看望来参观亚运会的华人来宾。一位美国华裔女士见到何振梁后激动地说，感谢祖国把亚运会组织得这样好，使他们这些华人在当地能够扬眉吐气。

何振梁看望华人来宾

基拉宁

荣高棠

牟作云

何振梁

　　中国在国际奥委会中的合法席位得到恢复以后，需要尽快解决的是中国的委员问题。

　　1980年初，国际奥委会来信，要求中国就国际奥委会委员候选人提出建议，并把候选人的情况填表寄给国际奥委会。当时的国际奥委会主席基拉宁建议我国提出3名候选人，并注明其中哪一名候选人最合适担任国际奥委会委员。经过国家体委党组讨论，中国奥委会提出荣高棠、牟作云、何振梁3人。

当这个决定上报国务院时，荣高棠正好出差在外，他返京后才知道这个文件已经同外交部会签后报上去了。但他坚决不同意把自己排在候选人的第一位。他向体委主任王猛以及党组其他同志提出，他本人年事已高，虽然早年在清华大学英语系学过英语，但多年未用，目前英语能听、能读，但是讲有一定困难。他觉得我国在国际奥委会内的委员，应该是能积极开展工作的人，既要有语言条件，更要有对外政策、国外体育事务等方面的广泛知识。而当时最符合这个条件的人是何振梁。由于荣高棠的坚持，终于说服了体委其他领导人，把已经上报的文件从国务院追回来，重新起草后再上报。最后中国奥委会提交给国际奥委会的名单中何振梁是第一候选人。

16

毛主席会见西哈努克亲王，何振梁为翻译

　　于是，何振梁在1981年当选为国际奥委会委员。1982年5月下旬，在罗马举行的国际奥委会第85次全会上，何振梁宣誓就职。

　　1989年，何振梁在国际奥委会执委会中的4年任期届满，按章程他在任满后可竞选副主席。在那年年初的一次执委会期间，萨马兰奇对何振梁说，他支持何振梁出任国际奥委会副主席。在全会上，何振梁以全票当选为副主席，大家纷纷与他拥抱、祝贺。

从1989年到1993年，何振梁担任国际奥委会的副主席，并全身心投入到第一次申奥工作当中。第一次申奥，仅以两票之差失去机会后，不变的信念支撑着何振梁投入到了第二次申奥工作。当申奥成功，何振梁回到北京时，人们把"申奥功臣"的称号送给了他。对此，何振梁却说："申奥成功并不是我一个人的胜利。它属于所有参与了这项工作的人，属于我们的国家和人民。我只是尽力做了我应该做的事。"

2001年7月在莫斯科，北京申奥成功，萨马兰奇向何振梁表示祝贺

当申奥成功后，荣高棠与何振梁在北京相见，两位老人的热泪夺眶而出

亚运成功 众盼奥运

SUCCESSES OF THE ASIAN GAMES BRING HIGH HOPES FOR THE OLYMPIC GAMES

"亚运成功，众盼奥运"
道出了中国人的心声

当年亚运会上的一幕使何振梁深为感动，他更加坚信成功举办奥运会，对民族的凝聚力、民族自豪感和自信心所起的作用将无比巨大。

有这种想法的不止是中国人。1984年10月，来中国参加35周年国庆观礼的国际奥委会主席萨马兰奇就对何振梁说："现在中国的各项条件均已具备，应该考虑申办奥运会的事了。"

1987年2月，联邦德国体联主席汉森对来访的中国体育代表团团长、国家体委主任王猛说："德国想再次申办2000年奥运会，不过如果中国打算申办该届奥运会，德国将改而申办2004年奥运会。"

国际奥委会的加拿大委员庞德也很诚恳地提醒过，中国如果打算申办奥运会，应尽早宣布，这样若有国家不愿意同中国争办，就可以把他们的申办时间错开。

事实证明，中国人有能力成功申办奥运会，这已经越来越成为全世界的共识了。

第一次申奥正式启动

如果说1945年的那场申奥还只是一个美好愿望的体现的话，那么申办2000年奥运会则是中国人的第一次正式申奥。

向国际奥委会递交申请书

北京的动作是迅速的。1991年2月28日，距亚运会闭幕才4个多月，中国政府就批准了国家体委、外交部、财政部、北京市人民政府提出的关于申请由北京承办2000年奥运会的联合请示。3月18日，北京2000年奥运会申办委员会正式成立，简称"北京奥申委"。

1991年12月3日，以北京市常务副市长张百发为首的三人代表团赴国际奥委会总部正式递交申请书。萨马兰奇提醒张百发："你们从此将开始一段很艰难的历程，你们面临着好多竞争对手，祝你们好运。"

根据规定，每届奥运会的主办城市必须在7年前选定。而在投票选定以前，各申奥城市需要经历一整套程序。这套程序简单地说就是：拉票。

20

第二章 第一次北京申奥

群雄逐鹿 竞争激烈

　　1984年和1988年这两届奥运会的巨大成功，刺激了各国申办奥运会的热情。特别是被称为"千禧奥运会"的2000年奥运会，正值世纪之交，更是具有特别的象征意义。参加申办2000年奥运会的城市共有8个，除北京外，还有澳大利亚的悉尼、德国的柏林、英国的曼彻斯特、土耳其的伊斯坦布尔、巴西的巴西利亚、意大利的米兰、乌兹别克斯坦的塔什干。其中巴西利亚、米兰、塔什干3个城市实力相对弱一些，其他城市都各有优势。

澳大利亚明珠——悉尼

▶▶悉尼：澳洲明珠

　　悉尼拥有世界一流的美丽港湾和先进的通信设备，环境优美，居民普遍热爱体育。加上在1992年的巴塞罗那奥运会和1996年的亚特兰大奥运会之后，委员们很可能会选择欧美以外的地区举办2000年奥运会。悉尼和北京同为符合这一想法的城市。

▶▶ 柏林：实力劲敌

柏林有6家大公司作为财政后盾，申奥经费高达6700万美元。德国本身又是体育强国，因此一开始就气势逼人。

▶▶ 北京：开放的中国盼奥运

北京也有自己独特的优势。中国是世界第一人口大国，并且从未举办过奥运会，在北京举办将是对奥林匹克运动的巨大推动。此外，中国经济发展很快，更是一个巨大的市场，国际工商界对此早予以重视。而中国5000年的历史和灿烂的东方文化，更具有独特的吸引力。中国体育事业发展迅速，对奥林匹克事业始终如一的支持，以及成功举办亚运会的经验，都为成功举办奥运会增添了保障。

北京申奥是全民的申奥，提出的宣传口号是"开放的中国盼奥运"。这个口号巧妙地把一个城市的申奥活动诠释为一个日益开放、日益进步的国家寻求世界的理解和接纳的行动。可以说这次北京申奥的社会意义、人文意义和经济意义均明显高于其他城市。

当然，客观地说，第一次申奥时，北京在基础设施、环境质量、语言环境等方面都还不尽人意。就人均GDP而言，连当时的土耳其也比我们强，更不用说其他发达国家。北京的压力其实是很大的。

国际舆论普遍认为，柏林、悉尼和北京三家势均力敌，各有千秋。俄罗斯委员斯米尔诺夫说："这次申奥是一场巨人之争，其激烈程度是奥运会申办史上前所未有的，胜负很难预料。"

▶ 北京奥申委　成军第一仗

　　1991年6月12日至16日，国际奥委会在英国伯明翰举行第97次全会，选定1998年冬奥会的举办城市。这次全会本和2000奥运会八竿子打不着，不过却被看做是北京奥申委成立后的第一个练兵机会——既能接触北京申奥的拉票对象——国际奥委会的委员们，又能观摩学习别的申奥城市自我宣传、争取选票、做陈述等各种申办工作的实际过程。北京奥申委本着"亮相与学习"的方针，积极参加各种活动。

　　北京奥申委宣传材料使用的专用标识是由北京旅游局的标志演化而来的，由北京两字组成天坛祈年殿形象，并将原图案下部的长城换成奥林匹克五环。在伯明翰，这个充满中国味儿又富有想象力的标识大受赞赏，许多外国朋友纷纷向当局索要有这种标记的中国奥申委纪念章和不干胶贴纸。而冬奥会各竞选城市开展的多姿多彩的申办活动，也使北京奥申委代表团大开眼界，更体会到申奥工作的任重道远。

北京申奥标志大受欢迎

▶巴塞罗那奥运会
——北京宣传的大舞台

Barcelona'92

1992年，第25届奥运会在巴塞罗那召开。这时北京申奥的形势已逐渐被看好，巴塞罗那无疑正是最好的申奥宣传大舞台。中国运动员们也没有闲着，在巴塞罗那奥运会上一手抓金牌，一手抓申奥，两手都很硬。而中国运动员的优异成绩无疑进一步点燃了北京申奥的热情。

法新社评论说，中国金牌运动员提高了北京申办奥运的威信。中国运动员的申奥意识很强，不放过任何机会来宣传北京。当张山夺得双向飞碟冠军后，对前来祝贺的国际射击联合会主席说，希望他能投票支持中国申奥。法国《解放报》也说，"北京申奥的最好宣传员是在领奖台上"。许多运动员在拿到奖牌时也把印有"北京2000年"标记的遮阳帽抛向观众。

❀ 领奖台也成为申奥宣传场地

中国的100多名记者也不遗余力地为申奥呐喊助威。除了及时报道这次奥运会战况外，他们也积极地为北京申奥大造舆论。人数不多的中国驻巴塞罗那总领事馆职员更是不分昼夜全力支持北京申奥工作。总之，在巴塞罗那的中国人个个都是北京申奥的积极宣传者。

❀ 记者们更是奥运宣传员

▶ 拉票马拉松

决定申奥命运的国际奥委会蒙特卡洛第101次全会越来越临近，各申奥城市的活动也越来越频繁。申奥的关键是争取国际奥委会委员的投票支持。办奥运可不是在家开party，不可能给人家打个电话聊上5分钟，人家就投票给你。争取机会与委员们做面对面的交流就成为申奥过程中一项极其重要的内容。不仅要紧紧拉住支持自己的"铁票"，还要做尚在犹豫中的委员们的工作，同时也不放弃做其他城市支持者的工作，争取每轮被淘汰的城市的支持者能转移到自己这边来。

▶ 走出去　请进来

拉票并不容易。

投票给自己都没有去过的城市多少有点没把握。百闻不如一见，争取委员来北京访问，让他们亲眼目睹中国尤其北京的变化，感染全民申奥的热情，这是最理想的做法。这种方法被形象地称为"请进来"。

到1993年7月底，通过北京奥申委各方面的努力，已有67名委员和其他87人次被"请进来"。

面对面的交流是拉票的关键

　　另一种做法是积极参加各种国际体育会议或活动，与参加该活动的委员当面交流，直接做他们的工作。对那些不愿意出远门或安排不出时间或是因别的原因未能应邀访华的委员进行登门拜访也同样重要。在申奥工作中，这种工作方式被简称为"走出去"。

　　在申奥过程中，"请进来"比较容易操作，"走出去"的工作则往往不是那么顺当，有时甚至得有点赴汤蹈火的劲头。当时的中国奥委会副主席、国际奥委会委员何振梁当仁不让地担当起了这个赴汤蹈火的角色。

何振梁担当起了申奥拉票的急先锋

惊险重重的旅程

1993年3月，北京奥申委何振梁一行赴秘鲁拉票。

当时秘鲁首都利马有一个名叫"光辉的道路"的城市游击队，恐怖活动非常猖獗。奥申委去之前，中国驻秘鲁大使馆刚被炸过两次。

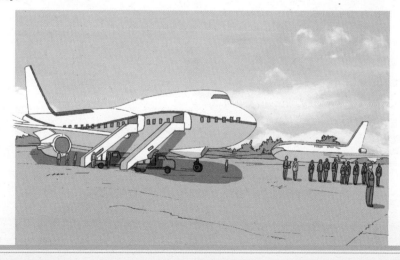

奥申委下榻的酒店也无法令人放心，酒店对面的一座高层大厦的玻璃窗已经完全被炸飞了，酒店门口还部署了对付恐怖活动的装甲车和荷枪实弹的特种防暴部队。在这种诡异的气氛下，何振梁和奥申委的同志们仍然要打起精神，积极游说当地奥委会委员支持北京申办奥运会。

那一次，何振梁等人还去了尚未与中国建交的巴拿马和危地马拉拉票。

当时，因为危地马拉还有台湾当局的"大使馆"，所以过去几乎没有中国大陆的人员入境过。机场的边防人员见到何振梁的外交护照时，一脸惊讶，气氛有些紧张。经过来迎接的危地马拉委员卡尔施密特解释后，气氛才缓和下来。

访问危地马拉时，危地马拉委员主动提出要驾驶自己的小飞机带何振梁一行去另一个小城市。飞机一路上颠簸起伏，还飞过火山口。何振梁一行并不以为然，只觉得主人相当的热情、好客。

后来当何振梁把此事告诉别的委员时，他们都惊讶地说："你们居然敢坐他驾驶的飞机！他的驾驶技术可不敢恭维。"好在这时事情已经过去，如果是在飞行时听到这话，恐怕何振梁不但没法欣赏火山美景，还得准备心脏药了。

1992年8月，何振梁等人又赴阿尔及利亚拉票。到达后，使馆工作人员告诉他们，阿尔及利亚委员泽尔吉尼坚持为他们在一家环境较好的旅馆订了房间。

　　据中国驻阿尔及利亚大使馆告知，该旅馆刚得到过可能会发生爆炸事件的警报。王大使建议何振梁另换旅馆，但是何振梁考虑到旅馆是阿尔及利亚委员订的，如果换旅馆，就是对他的不尊重，所以坚持不换旅馆。

　　为了何振梁的安全，王大使只得派人在何振梁的房间外面通宵值班看守。次日早上，何振梁起来后才发现守在门外的使馆同志，感激不已。

中华民族血浓于水的一票

1993年，何振梁一行赶到台北，向台北的国际奥委会委员吴经国拉票。吴经国虽然受到岛内复杂的政治压力，仍然公开表示："我这一票的考量有两大因素，第一，为了中华民族的利益；第二，为了奥林匹克发展的利益。"

❀何振梁与吴经国从此结下深厚友谊

❀中华民族血浓于水

中华民族血浓于水，吴经国向何振梁承诺，不但支持北京申办2000年奥运会，还出谋划策，以期得到更多的委员支持。

在8年之后的2001年7月13日，当萨马兰奇宣布北京获得第29届奥运会主办权以后，何振梁与中国台北的国际奥委会委员吴经国相拥而泣。

吴经国说："中国人最高兴的事情终于发生了。"

▶ 将公平竞争的奥林匹克精神带入申奥之中

竞争奥运会主办权就像竞选总统一样，每个候选人都必须出来演讲一番。比如，如果我获胜，我将如何如何……不过自卖自夸容易，公平竞争就难了。编排不是、打击对手、断章取义、捕风捉影者仍不在少数。

❀ 北京的公正态度赢得了好评

在激烈的竞争中，北京奥申委展现出了高素质与高姿态，从来不去贬低别人。这种大气的做法使北京赢得了尊重。一些委员感慨说："只有那些没有自信心的城市才会去攻击、诋毁别人。"并如此赞许北京的申奥行动："这是最符合奥林匹克精神的申办。"

▶ 最后的冲刺

随着最后的投票日9月23日的临近，申办2000年奥运会这场万米赛跑进入了冲刺阶段。各个申奥城市经过一年多的角逐，在这场比赛中已经逐渐拉开了距离——塔什干已经退出竞赛；巴西利亚缺乏政府的明确支持；米兰的申奥活动也并不活跃。

国际上普遍认为北京和悉尼这两个城市最有希望进入最后一轮选举。

❀ 北京对主办奥运会胸有成竹

在一轮紧接一轮的申办活动中，北京奥申委的领导人在不同场合和不同活动中，一再用"破釜沉舟"这一典故来表达北京争办2000年奥运会的决心，也多次表现出"志在必得"的信心和决心。中国人对于苦等了大半个世纪，而现在仿佛已触手可及的奥运会举办权充满憧憬。从美国、德国、荷兰到香港地区，凡是有大量海外华人聚居的地方都纷纷成立了支持北京申奥的团体，组织了集会、决议、征集签名、游行宣传等不同规模的支持活动。

世界华人鼎力为申奥助威

北京申奥获得了国际的广泛支持

国际体育界和其他社会人士也纷纷表示支持北京申奥。秘鲁的32名议员联名写信表示支持在北京举办奥运会。美国社会各界成立了支持北京举办奥运会委员会。亚奥理事会执行局在1993年8月一致通过决议，支持在北京举办奥运会。

很多国际奥委会委员明确、坚定地支持北京申奥。有的委员诚恳地说："请把我看做是你们奥申委的一名成员，有什么我可以出力的请尽管说。"有的委员声明自己肯定支持中国，不需要北京奥申委人员再花时间做他的工作了。申奥后期，有的委员认真地帮忙出主意，有的则主动地做争取其他委员的工作。

祝福你，北京

1993年7月23日，曾3次获得奥斯卡最佳电影插曲奖的旅美意大利作曲家莫罗德向北京奥申委赠送了他专为北京申奥创作的歌曲《祝福你，北京》。

莫罗德曾为洛杉矶奥运会和汉城奥运会创作的主题歌《伸出手》、《手拉手》以及为1990年意大利世界杯足球赛创作的《意大利之夏》曾经风靡全球。

那3首歌都是各有关组委会耗巨资请他创作的。而从未到过中国的莫罗德却主动为北京奥申委创作歌曲，并制成激光唱盘赠送给北京奥申委。

我来自马可·波罗的祖国，我认为有5000年悠久历史的中国应该举办一次奥运会。

以往他是先作曲后填词，而这首《祝福你，北京》却是先写好了优美的歌词再谱曲的。

他深情地说："我不知道1994年、1995年我会在哪里，但我肯定知道，2000年我将在中国。"他许诺北京申奥成功后，他将为北京奥运会创作主题歌。

第二章　第一次北京申奥

决战蒙特卡洛

1993年9月23日，摩纳哥蒙特卡洛。

这个小城现在承载了世界第一人口大国的最大期望。国际奥委会第101次全会将投票选定举办2000年奥运会的城市，这时候北京和悉尼的支持率已经遥遥领先。

美丽的蒙特卡洛

舆论和群众对支持北京申奥的热情已经达到顶点。旅居欧洲的3901位中国学者、留学生联名写信给国际奥委会，表示全力支持北京申奥，香港各界也开展了支持北京申办奥运会的50万人签名运动……

从各个途径得到的信息看，北京申请2000年奥运会举办权可谓是"胜利在望"。但能否把这个"在望"的胜利变成"在握"的胜券，必须最后一决。

大概是为了让我们永远记住这一天，蒙特卡洛突然下起了罕见的瓢泼大雨。

北京的陈述安排在下午第一个。

❀ 大雨中的蒙特卡洛正酝酿着举世瞩目的答案

为了申奥奔波数年的何振梁充满感情地说："1981年，当我当选为国际奥委会委员并庄严地宣誓，我愿意竭尽所能为奥林匹克运动服务的时候，我心中升起了一个愿望，就是看到奥林匹克运动会能在我的祖国——中国举行。我个人的命运与我祖国的命运紧密相连。我年少时，有过苦难的岁月。进入青壮年后，经历过艰苦的磨炼，也享受过取得成就的欢乐。中年后，改革开放迎来了祖国和我个人的新前景。我们深信，奥运会属于所有国家，既属于发达国家，也属于发展中国家。把举办奥运会的荣誉授予像中国这样的发展中国家，既将为奥运会开辟新的地平线，也将推动我国的发展进程。所有的申奥城市都同样有能力办好2000年奥运会。但是，如果将这个荣誉授予北京，我们将竭尽全力，使奥林匹克精神以前所未有的规模得到传播，并使奥林匹克主义的普遍性原则获得充分的体现。我们大家也将因此共同达到新的奥林匹克地平线。'"

接下来，中国国家主席江泽民、北京奥申委体育主任楼大鹏、国务院副总理李岚清分别做了电视和现场发言，真诚地向全世界表明，中国殷切地盼望能为奥林匹克事业做出自己的贡献，北京有能力圆满地完成这一历史使命。

北京代表团的陈述结束后，国际奥委会委员和4个单项国际组织的主席提了问题。那天，北京被提问得最多，这说明了大家的兴趣所在，也给了我们更多阐述观点、立场、做法的机会。

各国委员仔细提问

▶ 投票

最后的决胜局到来了！

投票分几轮举行。每轮投票时，每位委员只能在选票上写一个候选城市的名字，票数最少的候选城市将被淘汰，直到有一个城市获得超过半数的有效票为止。

第一轮、第二轮投票后，先后淘汰了伊斯坦布尔和柏林。

剩下来是悉尼、曼彻斯特联手对付北京的局面。

果然，第三轮被淘汰的是曼彻斯特，第四轮决赛将在北京与悉尼之间进行。

第四轮投票结束后，监票人将点票结果填写在纸条上之后，将其封入信封并交给萨马兰奇主席。

这一刻，沉寂的不仅仅是投票现场，无数的中国人聚集在电视机前等待结果。电视台的演播厅里，天安门广场上，屏住呼吸的人们已经准备好庆祝胜利的到来了。

萨马兰奇站在主席台正中的讲台上，沉稳地掏出决定申奥命运的信封，当众拆开，取出了表决结果，然后宣布："感谢北京……"

这时，很多人都以为北京胜利了，烟花开始发射，群众们也开始歌舞狂欢。

但是，万里之外，萨马兰奇继续说："但是，胜利者只有一个，就是悉尼。"

41

萨马兰奇宣布结果

中国人的奥运之路，从来不是一帆风顺的。命运这时又决定让这条道路再曲折一点。

为了申奥，和妻子一起绕地球飞行了足足16圈的何振梁，这时努力控制着自己的情绪，并第一个上前祝贺了获胜的悉尼奥申委代表。因为害怕何振梁的心脏承担不了负荷，他的妻子梁丽娟特地在他衣袋里准备了心脏病急救药。但何振梁的心脏坚强地承受住了考验。

45票对43票，仅仅两票之差，奥运会再次与中国失之交臂。但是这是中国第一次正式申奥，且仅以最为微弱的差距失利，实在是虽败犹荣。中国已经不再是过去那个无力回天的穷国弱国了。

大家都知道，胜利总会属于我们的。

42

❀ 失望的人群

3

第二次北京申奥

又是百年圆梦时

　　1997年7月1日，又一个令中国人翘首百年的日子。

　　新落成的香港会展中心里，庄严、隆重的仪式正在举行。在离开母亲的怀抱整整百年之后，中华人民共和国正式恢复对香港行使主权。

　　在观礼嘉宾中有一个特殊的身影，那是中国人民的老朋友萨马兰奇。

　　几年过去了，中国的各项国内外条件的发展变化使得申办2008年奥运会的条件正在逐步成熟。

　　1998年11月25日上午，北京市人民政府正式向中国奥委会递交了申办2008年奥运会的申请书，由此拉开了北京申办2008年奥运会的序幕。

　　1999年4月7日，经中国奥委会批准，北京市市长刘淇和中国奥委会主席伍绍祖飞赴位于瑞士洛桑的国际奥委会总部，向国际奥委会主席萨马兰奇递交了北京市申办2008年夏季奥运会的申请书。萨马兰奇主席代表国际奥委会正式接受北京的申请，他对北京提出申办2008年奥运会感到非常高兴并预祝北京申办成功。

❀战前分析

1993年申奥失利后，时隔数年北京东山再起。

2000年2月24日，北京与同时申奥的9座城市的代表团齐聚国际奥委会总部瑞士洛桑，就申奥的理由与条件予以阐释，这意味着北京第二次申奥已进入紧锣密鼓的阶段。

经历了上一次申奥的失利，北京已历练成熟。在这次申办过程中，中国借鉴了悉尼的成功之处，力求树立一个更有人情味，更为开放友善的形象。北京申奥入围问题不大，但能否在2001年7月召开的国际奥委会莫斯科会议的投票表决中脱颖而出，则玄机重重，申奥难度不亚于上届。

▶竞争对手实力强劲

第二次申奥的竞争对手包括日本的大阪、泰国的曼谷、马来西亚的吉隆坡、土耳其的伊斯坦布尔、法国的巴黎、西班牙的塞维利亚、加拿大的多伦多、古巴的哈瓦那、埃及的开罗。

其中对北京最大的威胁来自亚洲的日本大阪，欧洲的法国巴黎和北美洲的加拿大多伦多。西班牙的塞维利亚，泰国的曼谷，土耳其的伊斯坦布尔虽有一定的实力与号召力，但其整体竞争水准略逊一筹。至于吉隆坡和布宜诺斯艾利斯，则重在参与，希冀借助申奥的举措扩大城市的国际知名度。

❀日本大阪天守阁

泰国曼谷大皇宫

加拿大多伦多

法国巴黎凯旋门

第三章　第二次北京申奥

面对难题

国际奥委会在1999年对奥运会申办程序进行了改革。新程序对申办过程进行了充分的规范，禁止国际奥委会委员与申办城市进行任何接触，简化了申办城市的接待工作，加大了专家和执委会资格审定的权力。这些措施有利于减少申办过程中的腐败现象，对每个申办城市都有好处，总体来说是公正、恰当的。

但是禁止互访和接触对于发展中国家的申办城市而言也存在着不利的一面，因为西方主流媒体对发展中国家的正面报道较少，导致外界很难了解它们的真实状况。

通过互联网可以查寻北京申奥信息

改革后，国际奥委会委员成分发生了变化。有一半以上委员没有来过中国，即使过去来过中国的，对北京的新变化也知之不多。特别是11名运动员委员中多数对中国不了解。

面对新的挑战，北京市利用包括因特网这一新的传媒在内的各种途径加强与国际社会的沟通和交流，争取让更多的人了解中国，了解北京。同样，北京奥申委通过申办网站积极地向全球宣传北京。

真正的竞争才刚刚开始，然而对于申办城市来说，从这时起，就不能再出现差错。

50

北京面临的困难

北京再次申奥虽然决心很大，但面临的自身问题也是不容回避的。

体育场馆

体育场馆是筹办大型运动会的核心设施，而1990年为北京亚运会兴建的一些场馆远不能满足奥运会比赛的需要。北京人均占有体育场馆的面积在国内城市中也是落后的。

申办2000年奥运会时，我们的"硬伤"就出在比赛场馆上，而这一硬件上的"硬伤"是致命的。

相对而言，巴黎、多伦多的场馆设施建设则较北京为优。巴黎为承办1998年世界杯修建的法兰西体育场、多伦多顶部可自由开合的天虹体育场，其规模、现代化设施的配套程度均达到世界一流水平。

北京的沙尘暴天气

交通、电讯、环保

在交通、电讯、环保的改善、治理方面，北京也面临诸多难题。北京的空气质量令人担忧，而"环保牌"却是西方国家在申奥关键时刻同北京抗衡的杀手锏，这点在1993年的申奥角逐中就已体现得很明显，前车之鉴是必须引以为戒的。每年的春天，北京都少不了大风沙。1999年，北京被某国际机构评为全世界10大污染城市之一。而北京的劲敌巴黎、多伦多、大阪都是环保相当先进的城市。改善环境，是市民的期望，也是北京申奥必须采取的行动。

▶ 转变宣传理念

1993年申奥失利的一大败笔即意图过于暴露，无形间成了人人盯防的"出头鸟"。鉴于以上的惨痛教训，我国的申办宣传策略做了大幅度的改变。

这次北京申奥更为务实。市长刘淇旗帜鲜明地提出："以申奥促发展，以发展助申奥。"申办奥运会要和城市建设、改善百姓生活等齐头并进、相得益彰。无论申办成功与否，北京都要建设和发展。北京市的这种申办思路赢得了民心，反过来又促进了市民对申奥最大限度的支持。

▶ 优势在握

　　虽然存在着这样那样的问题，北京再次申奥还是具有相当的优势的：

　　中国是世界上人口最多的国家。2008年奥运会在占世界人口1/5，其中有4亿青少年的中国举办，是宣传奥林匹克理想和精神，普及发展奥林匹克运动的大好时机，更能体现奥运会的全球性、广泛性和参与性。

　　北京是世界历史文化名城，具有3000年建城史，800年建都史，有着众多的名胜古迹和深厚的文化底蕴。在北京举办奥运会，有利于弘扬奥林匹克精神，促进东西方文化的交流与融合。

　　北京申办奥运会得到了中国政府和全国人民的大力支持。许多中外企业出资赞助北京申办奥运会。1993年首次申办虽然失利，但中国人民对奥林匹克运动的执著追求和满腔热情并没有减弱。在近3年的申办中，为北京申奥贡献力量越来越成为北京和全国人民共同的自觉行动。北京奥申委正是在这样的氛围中，用融入在申办工作中的真诚来说服世界，感动国际奥委会委员。

❀ 天安门

🏵 长城

🏵 北京地铁站

　　按惯例，奥运会应轮流在各大洲举办，一个大洲一般不能连续举办两次。亚洲自1988年韩国汉城奥运会后，到2008年已有近20年没有举办过奥运会。中国作为亚洲最大的国家，如果从地缘政治考虑，从奥林匹克运动的全球、公正性以及未来发展考虑，北京申办的优势很大。

　　此外，与8年前相比，无论是北京还是中国，经济实力已大大增强。1999年，全国国内生产总值（GDP）超过1万亿美元，北京达到240亿美元。当年那个靠足球表演赛凑奥运路费的贫穷的中国已经一去不复返了。

　　有3000余年建城史的北京，曾是明清两个朝代的都城，也是如今中华人民共和国的首都。它历经了繁荣、积弱、伤痛与复兴，终于将以崭新的面貌、开放的胸怀、充沛的活力进入新世纪。

　　奥运会，北京欢迎你。

决战阶段

▶ 奥申会徽和奥申口号

2000年2月1日，北京2008年奥申委举行第2次全体委员会，通过表决确定了奥申会徽和奥申口号，并宣布奥申网站正式开通。

会徽为陈绍华、韩美林和靳埭强3位艺术家共同创作的标志图案。

会徽运用奥运五环色组成五角星，相互环扣，同时它又采用中国传统民间工艺品"中国结"的形式，象征世界五大洲的团结、协作、交流、发展、携手共创。此外五角星似一个打太极拳的人形，以表现中国传统体育文化精髓。

北京奥申的口号定为：新北京、新奥运（New Beijing, Great Olympics）。

宣传片制作

　　申办电视片的制作问题要放在一个很重要的位置上来考虑。因为在没有考察团前来考察的情况下，这部片子就成为让不少委员直观了解北京的窗口。

　　拍摄电视宣传片是申办奥运会过程中的一项重要工作，历来受到各申办城市的高度重视。各申办城市往往聘请国内外最优秀的制片人和导演担纲领衔。北京奥申委经过慎重考虑，决定聘请在国内外多次获奖、有着独特艺术风格的张艺谋出任申奥宣传片的总导演，同时尽快组成一个富有效率的拍摄班子。2000年4月29日，著名导演张艺谋出任北京申奥电视宣传片总导演。张艺谋表示，申办奥运会是全中国人民的事，他将尽其所能完成宣传片的制作。要拍一部"不概念，不卖弄，真实、亲切、自然，让人动心的作品"。

❀ 张艺谋和他的团队

提交申办报告

在新的申办规则下，《申办报告》是国际奥委会委员了解申办城市的一个非常重要的窗口。但由于报告内容繁杂，同时又需要翻译成英文和法文，质量要求高，时间紧。

长达596页、分17个主题、重达3公斤的《申办报告》的撰写工作是申奥最重要的"规定动作"。报告涉及政治、经济、文化、体育和城市建设等方方面面，称得上是一部北京市今后7年发展前景的"百科全书"。直接参加这项工作的有几十个单位的200多人。在撰写报告的100多个日日夜夜里，不少人为之呕心沥血。在最紧张的时刻里还创造了连续工作37个小时的记录。

2000年6月19日，北京2008年奥运会申办委员会在洛桑向国际奥委会递交了申办报告。报告陈述了关于北京筹办2008年奥运会的计划和构想。这份报告是北京市为申办2008年奥运会向国际奥委会递交的第一份正式答卷。

撰写《申办报告》

2000年8月28日，北京时间19时39分，国际奥委会执委会在洛桑举行会议，确定北京、大阪、巴黎、多伦多和伊斯坦布尔获得2008年第29届夏季奥运会主办城市的候选资格。国际奥委会在会后举行的新闻发布会上称，北京等城市"总体水平超过了奥运会申办城市的基本标准"。舆论分析认为，1993年仅以两票之差输给悉尼，未能取得2000年奥运会举办资格的北京，是此次竞争的最大热门。拥有12亿人口的中国对于国际奥委会来说，是个巨大的潜在市场。

国际奥委会新闻发布会

▶ 北京申奥形象大使

在北京申奥的阵营里，还活跃着一群熟悉的面孔，这就是申奥形象大使。他们用自己的知名度和亲和力，为北京申奥加油助威！

成龙

国际著名影星，通过中国功夫，成龙在国际社会中赢得了很高的声望。

刘璇

著名体操运动员，悉尼奥运会平衡木冠军。

杨澜

驰名华人世界的著名电视主持人，阳光文化影视公司董事局主席。

巩俐

具有国际知名度的中国影星。

桑兰

原国家女子体操队队员，曾在全国性运动会上获得跳马冠军，1998年在纽约市长岛举办的友好运动会上不幸因脊髓严重挫伤而造成瘫痪。在美国治疗期间，以"桑兰微笑"征服了大洋彼岸的人们。

张德培

有史以来最出色的亚裔男子网球选手。

邓亚萍

世界著名乒乓球运动员，曾两次出任国际奥委会运动员委员会委员，共获得18个世界冠军，包括4个奥运会冠军。

▶ 接受评估

照抽签的结果，北京是第一个被评估的城市。为了迎接评估团，北京各个部门都全力以赴做了充分的准备。

2001年2月21日至25日，国际奥委会评估团考察了北京的环境。评估团在对北京申办工作的总结中说，北京为申办做了充分的准备，陈述的质量也很高。北京的申办队伍充分吸取了他们在申办2000年奥运会时的经验和教训。

国际奥委会评估团

北京奥运主场馆鸟巢

在体育场馆和基础设施及其配套设施的建设方面，北京给予了充分的保证。这些保证来自中央政府和市政府，这是北京申办工作的优势。

在环保方面奥林匹克公园做得很出色。从公园的地理位置到赛场的交通用时，都说明北京提交了一个以运动员为中心的整体规划。

虽然市区内的交通方便快捷，但是北京整体的道路交通拥挤状况确实存在。为此，政府花大力气进行了大规模的基础设施建设，并通过强化交通管制力度、制定周密的交通管理计划等手段，确保奥运会期间交通顺畅、安全。另外，北京有足够的接待住宿能力，并有到2008年时合理和固定的价格保证。

北京当时的电讯已经有了长足的发展，但是通讯技术的基础设施有待改善，这也是成功举办奥运会的基本条件。

此外，政府对环境污染问题给予了充分的关注，承诺要改善空气质量，并提出了一整套的环保措施。评估团相信，北京会把环境方面可能存在的问题降到最低限度。

四通八达的交通网

奥林匹克公园

民众支持申办的热情很高。有一种看法是，北京若申办成功，将是世界对中国认可的表现。

国际奥委会公布的评估报告肯定了北京的申办工作。

5月15日，国际奥委会在国际奥委会官方网站上公布了国际奥委会评估团对5个申办城市的评估报告。评估委员会一致认为，巴黎、多伦多和北京这3个城市都有能力在2008年成功举办奥运会。

▶ 最后冲刺

🏅 北京奥委会代表登机赴莫斯科

64

🏅 北京奥申会代表团

7月7日下午，以北京奥申委主席、北京市市长刘淇为团长的北京奥申委代表团离京赴莫斯科，出席国际奥委会在莫斯科举行的第112次全会。最后冲刺阶段，也就是从7月7日到投票前一天7月12日，美国、欧洲和亚洲的主要媒体，共发表了关于北京申奥的报道近200篇，大大多于其他申办城市的报道数量。其中，看好北京、反对北京以及正反面皆有的文章基本上各占1/3。

陈述

申奥再次进入最后冲刺阶段。

中国人的奥运梦，又一次到了关键时刻。

暂时处于领先地位的北京申奥工作应采取怎样的决战策略将直接关系到最后的胜负，申办经验告诉我们，冲刺阶段情况瞬息万变，呼声最高者未必是最后的获胜者。

如何漂亮地完成最后一个规定动作，奥申委经过精心研究、周密计划，最终制定了"冷静清醒、少说多做、严格纪律、绝不出错"的对策。要求代表团全体同志精益求精、审慎扎实地做好冲刺阶段的各项工作，变"胜利在望"为"胜券在握"。

2001年7月13日，决定2008年奥运会主办城市的时刻终于到来。上午进行的是5个申办城市依照抽签顺序进行简报，下午5点45分开始进行投票。

抽签顺序是大阪、巴黎、多伦多、北京、伊斯坦布尔。

轮到北京登场了！

国务院副总理李岚清、北京市市长刘淇、北京奥申委执行主席袁伟民、中国奥委会体育主任楼大鹏、运动员代表邓亚萍和申奥形象大使杨澜先后做了总共45分钟的陈述，并通过多媒体及影视片集中展现了北京突出的优势。中国代表还认真回答了委员们提出的关于环境、比赛场馆、通讯、语言、反兴奋剂、运输、交通以及基金的建立等8个方面的问题。

作为一个陈述报告，仅有广告片是远远不够的，因为这一届奥委会有2/3的人没有来过北京，所以我们的宣传片中基本上都是用数字来说话。这些数字给国际奥委会的委员们留下了深刻的印象。尽管他们没有来过北京，但凭着这些数字，他们的脑海里已经搭建起了一个2008年的北京。

邓亚萍做陈述发言

李岚清的英语演讲

7月13日下午，国务院副总理李岚清做了陈述发言。他高超的英语表达能力，获得了国际奥委会委员的普遍好评。

日本委员的夫人和巴西委员的夫人对李岚清副总理的一口流利、纯正的英文非常惊讶。当何振梁夫人梁丽娟对她们说起他的讲话稿还是自己写的时候，她们更惊奇，说："你们中国的领导人真了不起！"

杨澜靓丽登场

在申奥发言上，著名的电视节目主持人杨澜以一袭靓丽的中国传统旗袍脱颖而出。她高雅的谈吐和不俗的气质为北京加了不少分。

杨澜已是第2次参加北京的申奥活动了。8年前，她作为央视的节目主持人参加了在蒙特卡洛召开的决定2000年奥运会举办权的国际奥委会第101次会议。不同的是，这一次她的身份是形象大使。

8年前的那次失败，让她刻骨铭心。"1993年，当萨马兰奇宣布悉尼获得2000年夏奥会举办权时，他的这句话是我翻译的。那一刻，我的内心受到很大冲击。但是，我必须控制个人情绪，把结果客观地告诉观众。"

那次申奥失败后杨澜一直控制着自己的情绪。直到在回国的飞机上，何振梁特意到杨澜跟前说："对不起，这次让你白跑了一趟。"这句话让杨澜的眼泪一下子流了下来。也因此，成功申奥成了她一个未了的情结。

　　作为北京申办2008年奥运会的形象大使，这一次，她终于有机会弥补8年前的遗憾——向世界传达真实的中国。

　　她说："对西方人来说，中国人认真、犹豫，有点死板，也就是个性和幽默不足。我们应该打破这些印象。"杨澜提到中国悠久的体育传统，并在幻灯片中展示了一幅几名女子正在踢球的画，说："从这幅画中，你们就能看出中国女足为什么那么厉害了。"

　　说到这儿，听众席上爆发出阵阵笑声。

杨澜说："如果1993年的申奥让我感到了自己见识的浅薄和一种表达的愿望，那么2001年我得到的是一次释放，就是将1993年积压在心里的情绪释放出来。"

这一次，杨澜没有像许多人那样喜极而泣，她笑得很开心。她说："上一次，我作为报道者，涉世未深，对一切充满着好奇。同许多中国人一样，对失败估计不足，所以最后还是忍不住哭了。而这一次，我的身份是参与者，心态则是平和而理性的。我唯一想做的就是开心地笑。在接受记者采访时，我最常说的一句话也是——欢乐是不需要准备的。"

69

有欢笑和泪水，我们成功了

何振梁先生的四保险

70

1993年，第一次申奥投票的那天，何振梁的夫人梁丽娟怕何振梁受不了刺激而诱发心脏病，事先让何振梁吃了一颗药，并在胸口外贴了一剂药。最后还是不放心，她又在何振梁的口袋里放了一颗药，叮嘱何老不要忘记。

进场投票前的一刻，梁丽娟依然不放心，又拿出一颗药交给了国际奥委会的一位日本执委。他与何振梁一家是非常好的朋友。因为投票是秘密进行的，外人进不去，所以梁丽娟就拜托这位日本朋友，万一何振梁发生危险情况，一定要把药丸给他服下。

梁丽娟相信，有了这四保险，应该是没有什么问题了。

最后的结果不仅令何振梁遗憾、伤心，全中国人民都不敢相信这是事实。不过，何振梁很坚强，他挺过来了，四保险只用了两保险。

2001年7月13日，何振梁再次面临有可能带来剧烈刺激的时刻，但这次他坚决不要四保险了。

作为北京奥申委总结陈述人，何振梁的讲述一直充满力量和自信。当他说完最后一句"2008年，我相信你们将为你们的正确选择而骄傲"的时候，他的心已经做好了准备，等待着那激动人心的时刻到来。

决胜莫斯科

　　投票分几轮举行。每轮投票时，每位委员只能
在选票上写一个候选城市的名字，票数最少的候选城
市将被淘汰，直到有一个城市获得超过半数的有效票
为止。不仅仅在投票现场，还有电视台的演播厅里、
天安门广场上，无数的中国人聚集在电视机前屏住呼
吸，等待结果……

7月 13日，决定奥运会举办城市的时刻终于来了！

在听取了5个城市的陈述报告和质询答案后，国际奥委会的委员们开始投票。

静————

5分钟后，第一轮投票结束了。

萨马兰奇宣布第一轮投票结果——大阪被淘汰了。

下面我宣布……

别难过，下次再努力！

呜

国际奥委会立即开始了第二轮投票。

会场的气氛又紧张起来。

屏住呼吸，等待结果。

5分钟后……

一位委员拿到了投票统计结果，谨慎地将信封封上口。

抱紧！

啊，信封封口了！

结果要出来了！

接住

萨马兰奇拿起信封起身走向讲台。

静————

静————

无数的中国人眼含热泪，拥抱欢呼，庆祝这一来之不易的胜利。

当晚，江泽民等国家领导人来到北京中华世纪坛参加北京市民庆祝申奥成功大会。江泽民说，北京申奥成功，他代表中共中央、国务院说三句话：

——对北京申奥成功致以热烈的祝贺！

——向为北京市申奥做出贡献的全国人民、向国际奥委会、向一切支持北京申奥的各国朋友表示衷心的感谢！

——希望全国人民同首都人民一起，奋发努力，扎实工作，把2008年奥运会办成功。

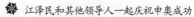 江泽民和其他领导人一起庆祝申奥成功

第三章 第二次北京申奥

🎖 沸腾的人群

这不仅仅是北京的骄傲，也是海峡两岸同胞的骄傲，全世界华人的骄傲，整个中华民族的骄傲！

在这狂喜的人海之中，无数黑头发、黄皮肤、黑眼睛的面孔一闪而过，其中仿佛就有那些我们熟悉的笑容：张伯苓、王正廷、董守义、刘长春、霍元甲……为了这一时刻，你们奋斗多年；为了这一时刻，我们期盼多年。这一晚，就让我们共同欢歌，任凭热泪汹涌。

我们骄傲，因为我们曾经贫穷，但不曾失去梦想的勇气！

我们骄傲，因为我们曾经苦难，但不曾失去奋斗的肝胆！

我们骄傲，因为我们曾经屈辱，但不曾失去做人的脊梁！

我们骄傲，因为我们是永远压不垮，永远打不倒，永远倔强地站立于天地间的勇敢的中国人！

🎖 这是中国人的节日

ZOU   XIANG   HUI   HUANG

走向辉煌

辉煌雅典

第28届夏季奥运会于2004年8月13日至29日在希腊首都雅典举行。

希腊既是现代奥运会的发起地，又是古代奥运会的举办地。时隔108年后，奥运会终于又回到了故乡——希腊。

这是北京奥运会举办之前的最后一届奥运会，中国运动员力争以优异的成绩为即将到来的北京奥运会写下开篇。

2004年8月8日，中国体育代表团出征雅典。那届奥运会中国体育代表团公布的参赛目标是：力争好成绩，在确保金牌榜排名第二集团前列的基础上，扩大参赛规模，锻炼后备队伍，为2008年奥运会的全面参赛打下坚实基础。

中国派出由633人组成的庞大的代表团，其中运动员407名（女运动员269名，男运动员138名），参加了除棒球和马术外的其他所有26个大项的比赛。

Athenà Phèvos

ATHENS 2004

第四章 走向辉煌

创造历史最好成绩

✦ 杜丽夺金之后的灿烂笑容

    此次奥运会，中国运动员取得了前所未有的战绩，以金牌32枚、奖牌总数63枚的优异成绩一举登上了奖牌榜的第二位（其中奖牌总数列第一位）。金牌数和奖牌总数两项指标都创下了中国参加历届奥运会的最高记录，均超过了4年前在悉尼奥运会上创造的历史最好成绩。而且，夺金牌面也创历史新高，获得金牌的项目增加至13个大项。中国台北选手也在跆拳道比赛中获得2枚金牌。

    在大会开幕后的第一天，中国体育健儿便一举夺下4枚金牌，为整个代表团取得了开门红。其中，杜丽在射击女子10米气步枪项目中摘得那届奥运会决出的第1枚金牌。这也是中国运动员自1984年洛杉矶奥运会以后，再次夺得的当届奥运会首枚金牌。随后，从1984年起参加了历届夏季奥运会的老将王义夫在男子射击10米气手枪比赛中再夺冠军。44岁的他成为迄今中国夺得奥运会冠军中年龄最大的选手和中国第一位相隔12年后还能重夺奥运冠军的运动员。

✦ 王义夫宝刀未老，终圆第2枚奥运金牌梦

王者归来

　　1996年亚特兰大奥运会上惜败并昏倒的一幕，不少人仍记忆犹新。那一幕正是发生在男子气手枪决赛上。当决赛打完第9发子弹后，中国选手王义夫以667.1环的成绩暂居第一，领先意大利选手迪唐纳3.8环，冠军即将到手。然而，令人意想不到的事情发生了……

1996年亚特兰大奥运会男子气手枪决赛场。

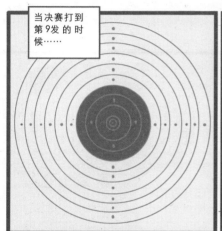

当决赛打到第9发的时候……

王义夫以661.7环的成绩暂居第一，领先意大利选手迪唐纳3.8环。

这个对手很强。

令人意想不到的事情发生了……

这时的王义夫开始体力不支。

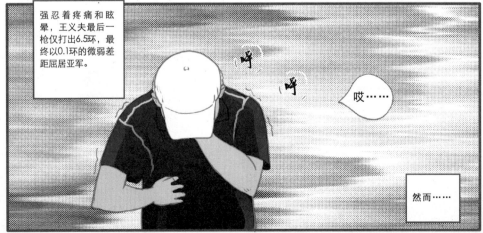

强忍着疼痛和眩晕，王义夫最后一枪仅打出6.5环，最终以0.1环的微弱差距屈居亚军。

然而……

看到一枚沉甸甸的金牌刹那间从指间滑过……

王义夫懊恼不已，视线渐渐模糊……

王义夫！王义夫……

医务人员迅速扶他上担架，送往医院。

快点！

轻点！

在场的观众都被这突如其来的情况惊呆了，惊诧、痛惜、遗憾……

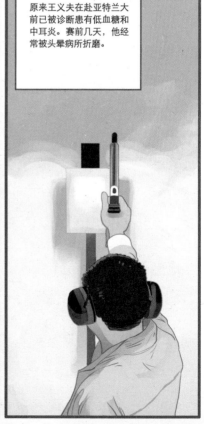

原来王义夫在赴亚特兰大前已被诊断患有低血糖和中耳炎。赛前几天，他经常被头晕病所折磨。

坚强的王义夫没有退缩。

他依然和年轻人一起奋斗在射击场上。

噗嗤 噗嗤 噗嗤

2000年，王义夫再次出现在奥运会的赛场上。

加油！坚持！

遗憾的是他只获得了银牌。

但故事没有结束，枪声在雅典再次响起。

王义夫与俄罗斯名将内斯特鲁耶夫展开较量，一枪一枪交替领先，气氛令人窒息。

噗嗤

噗嗤

倒数第二枪，王义夫再次与内斯特鲁耶夫打成平手。

噗嗤

噗嗤

噗嗤

最后一枪，王义夫以0.2环的优势战胜了俄罗斯选手，以690.0环的总成绩夺得了冠军！

这是王义夫继1992年巴塞罗那奥运会夺金后获得的又一枚奥运金牌！

我终于坚持到这一天了！

44岁的王义夫是中国运动员中年龄最大的选手。他连续参加了6届奥运会，两度揽金，三次捧银，一回夺铜。在前后20年的奥运会历程中，这位闻名世界体坛的"老枪"以令人叹服的战绩，书写了一段不朽的篇章。

8月16日夺金风暴

8月16日，中国选手掀起夺金风暴，卷走了当日14枚金牌中的5枚。

来自浙江的19岁小将朱启南和队友李杰分别以第1、2名的成绩进入男子10米气步枪决赛。4枪过后两人已经遥遥领先。最终，朱启南更胜一筹，继蔡亚林之后又一次获得这个项目的奥运金牌，并以总成绩702.7环打破了世界记录。这个爱打"反恐精英"电子游戏的温州男孩提早4年实现了自己的梦想，站到了奥运赛场上。他不仅问鼎奥运冠军，同时打破世界记录——中国射击界企盼了20年的"梦"在他手中实现了。

少年神枪手朱启南

8月16日，在女子举重58公斤级决战中，25岁的江苏老将陈艳青顶住压力，靠抓举压住了对手5公斤，以总成绩237.5公斤战胜了朝鲜的李成姬，为中国举重队夺得了那届奥运会上的第1枚金牌。

在男子举重比赛中，石智勇和乐茂盛双星闪耀，分别以325公斤和312.5公斤包揽了62公斤级的冠、亚军。

石智勇后空翻庆祝胜利

"慢行道" 中的第一名

　　8月16日，20岁的杭州姑娘罗雪娟在女子100米蛙泳半决赛中仅列第7，却在决赛中牢牢把握住领先优势，把多次打破世界记录的澳大利亚双姝琼斯和布森都甩在身后，第一个触壁，以1分06秒64的成绩夺冠并打破该项目奥运会记录。中国游泳队事隔8年之后，终于又尝到奥运金牌的滋味。

北京时间2004年8月17日凌晨，雅典奥运会女子100米蛙泳决赛正在进行。由于在半决赛名列第7，中国选手罗雪娟被分在第1泳道。

因很少有人能从这里冲击冠军，所以第1泳道被戏称为"慢行道"。

预赛成绩第1的澳大利亚名将琼斯曾在巴塞罗那世锦赛时被罗雪娟打败。这届奥运会上，罗雪娟能再次战胜她吗？

耶！

虽然在不起眼的第1泳道，但罗雪娟却掀起了泳池狂潮。

哔！

罗雪娟从一出发就保持领先，在50米处第一个转身进入后半程。

琼斯在75米处接近了罗雪娟，并大有赶超之势，但最终无法跟上。

罗雪娟以1分06秒64率先触壁，并刷新了奥运会记录。

触壁后，罗雪娟立即扭头瞟了一眼显示结果的大屏幕。

当确认自己的胜利后，她高举左手，伸出食指，向全世界宣告她是"第一"！

虽然我在不引人注意的泳道，但是我想，一道就意味着第一啊，很好！

很遗憾没有拿到冠军，可能我还不够资格。

我相信自己会夺冠，一直都相信！

回顾罗雪娟的"蛙王之路"，会发现成功并非偶然。

呼啦！

罗雪娟进入省队不久便一鸣惊人。2000年奥运会选拔赛中，她脱颖而出，从此跻身一流选手行列。

2001年，罗雪娟以1分06秒96获得九运会女子100米蛙泳冠军，并打破全国记录和亚洲记录；

呼啦！

2003年巴塞罗那世锦赛上，罗雪娟夺得女子50米、100米蛙泳和4×100米混合泳接力的冠军，成为世锦赛上的"三冠王"。

呼……呼……

哗啦！

罗雪娟是中国女子泳坛乃至世界泳坛的顶尖选手，使中国女子蛙泳成为世界上为数不多的高水平项目之一。

在雅典奥运会夺得女子100米蛙泳金牌几天之后，罗雪娟又参加了4X100米混合接力赛。意外出现了，她挣扎着抵达终点，几乎晕倒在游泳池中。

仅靠着意志的支撑和教练、志愿者的帮助，她才挣扎着爬上池边，随即被送往当地医院……

小心……

唔……

呼……

唔……

呼……

原来，在北京集训的时候，罗雪娟的身体状况就不是很好。专家甚至建议她退役。

坚持住！

2007年1月，在刚度过23岁生日后的第3天，中国游泳的领军人物罗雪娟因伤病严重正式宣布退役。

我将告别游泳，告别带给自己幸福和辉煌的游泳比赛。

国家体育总局宣布批准罗雪娟的退役申请，并授予罗雪娟"中国游泳杰出贡献奖"。

退役后的罗雪娟继续在北京大学求学。并成为2008年中国第一位奥运火炬手。

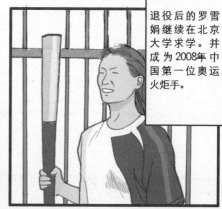

有所付出 也有所收获

　　8月18日，中国举重选手张国政在男子69公斤级比赛中腰部受伤倒地，但实力出众的他还是凭借347.5公斤的总成绩，以5公斤的优势最终战胜韩国选手，夺得该项目的冠军，同时为中国队摘得那届奥运会上的第11枚金牌。

2004年8月19日，雅典奥运会男子举重69公斤级A组决赛在尼凯亚奥林匹克举重馆进行。

张国政！

中国加油！

首先进行的是抓举比赛。在实力相对较弱的选手进行完"垫场赛"后，中国选手张国政出场试举152.5公斤，一举成功。

张国政第二次试举的重量是157.5公斤。

张国政！

第三次试举重量提高到了160公斤，张国政成功地完成动作，并将成绩定格在160公斤。

张国政！

抓举过后，张国政排名首位。韩国选手李培永名列第二位。

哈！

挺举比赛开始了。第一次试举张国政成功举起了187.5公斤。

第二次张国政要了192.5公斤，可惜两次试举都没有成功。

哎！

第三次试举对他来说将是一个极大的挑战。

喝啊！！

当张国政正欲发力的时候，他突然停滞了动作……

咯oooooo

糟了！我的腰！

张国政的腰椎脱位，顿时巨痛难忍。

呃……

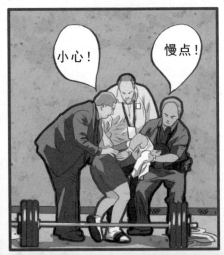

小心！

慢点！

暂时落后的李培永最后一把没有把握住翻盘的机会。

哎呀……

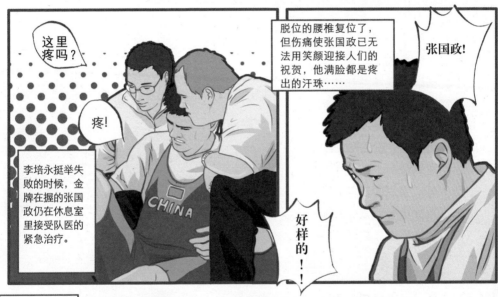

这里疼吗？

疼！

李培永挺举失败的时候，金牌在握的张国政仍在休息室里接受队医的紧急治疗。

脱位的腰椎复位了，但伤痛使张国政已无法用笑颜迎接人们的祝贺，他满脸都是疼出的汗珠……

张国政！

好样的！！

颁奖结束时，他几乎无法从领奖台上下来。

呃……

忍着疼痛，张国政说了这样几句话。

有所付出，也有所收获，我特别感谢关心和支持我的人。

▶中国第100枚金牌得主——唐功红

8月21日，当天的最后1枚金牌，也是中国奥运史上第100枚金牌来自女子举重75公斤以上级。整个过程可谓惊心动魄。25岁的中国姑娘唐功红抓举仅成功1次，输给了韩国选手张美兰和波兰的阿罗贝尔7.5公斤之多。当张美兰挺举172.5公斤成功时，唐功红必须挺起182.5公斤才能扭转败局。这几乎是一个不可能完成的任务，但她却以力拔山兮气盖世的霸气做到了！最终，唐功红以抓举122.5公斤、挺举182.5公斤、总成绩305公斤，打破挺举和总成绩两项世界记录，并夺得中国奥运史上第100枚金牌。至此，中国举重队以5金战绩结束了雅典之行。

"冷面杀手"——张怡宁

乒乓球女单决赛上，张怡宁仅仅用了30分钟便以秋风扫落叶之势，以4:0战胜朝鲜选手金香美，为中国赢得了这枚宝贵的金牌。这既是张怡宁在那届奥运会上个人赢得的第2枚金牌，也是中国在夏季奥运会历史上的第100枚金牌！"我们做好了最艰苦的准备，同时也相信张怡宁的实力，只要她保持清醒，打好开局，就一定能取得胜利。"中国队总教练蔡振华赛前如是说。事实证明，张怡宁在这场代表世界女子乒乓最高水平的比赛中，顶住了压力，战胜了自我，圆了自己多年的奥运女单冠军梦。

网球神话——李婷、孙甜甜

李婷、孙甜甜在雅典成功上演网球神话，为中国网球赢得首个世界冠军。

北京时间8月22日晚，网球女双金牌争夺战在奥林匹克网球中心球场展开。从未获得过世界重大赛事冠军的中国组合李婷、孙甜甜爆出冷门，一路过关斩将，最终夺取冠军，改写了中国网球运动的历史。这不仅是中国网球运动员首次在世界级赛事中夺取冠军，也是亚洲运动员首次获得奥运会网球比赛的冠军，实现了中国网球运动的重大突破。

喜夺桂冠

李婷和孙甜甜

▶"出水芙蓉"——郭晶晶

　　8月26日，北京时间8月27日凌晨两点，女子3米板单人跳水比赛在奥林匹克水上综合中心拉开战幕。经过1个小时的激烈争夺，郭晶晶以领先第2名20分的优势夺得了金牌。另一名中国选手，19岁的吴敏霞则以612分获得了银牌。

亚洲飞人——刘翔

8月27日，北京时间8月28日凌晨2点40分，雅典奥林匹克体育场，中国选手刘翔在高手齐聚的男子110米栏决赛中以12秒91夺得金牌！这是一个值得所有中国人铭记的日子，他创造了中国乃至亚洲的历史，成为第一个获得奥运田径短跑项目世界冠军的黄种人。这个成绩不仅打破了12秒96的奥运会记录，还平了英国选手科林·约翰逊1993年8月20日在德国斯图加特创造的12秒91的世界记录！

少年刘翔

　　在成为"飞人"之前，少年时代的刘翔也有一番曲折的经历。上小学时，体育老师就发现刘翔在跑、跳等各个项目上能力超常，协调性也很好，就经常放学后留他单独训练，并把他推荐给普陀区少体校。刘翔练了两年跳高后，却被认为没有前途，被少年体校退回……

1983年7月13日，刘翔出生在上海市。

好！

唰！

刘翔真棒！

上小学时，体育老师就发现刘翔在跑、跳等各个项目上能力超常，协调性也很好。

教练经常放学后留他单独训练，并把他推荐给普陀区少体校。

给

谢谢老师！

刘翔练了两年跳高后，因一次骨龄测试判断长不高而被少年体校退回。

测试结果显示你以后不会长得很高。

不会吧，老师，是不是机器有问题啊？

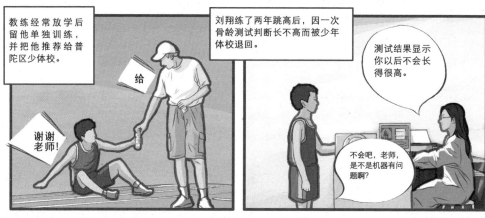

但刘翔的个子却越长越高，15岁时再次回到体校练跳高。

哒……哒……哒……

我早就知道会长高，果然是那台机器有问题。

这一年的夏天，跨栏教练孙海平一眼看中了他。

唰！

他个子较高，节奏感很好，这是先天的优势。

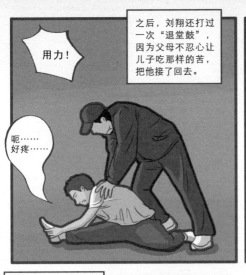

用力！

呃……好疼……

之后，刘翔还打过一次"退堂鼓"，因为父母不忍心让儿子吃那样的苦，把他接了回去。

孙海平当时正忙着带队员外出比赛，几个月后回来一看刘翔不见了，一向温和的他头一次朝同事发了火。

刘翔怎么不见了？你们怎么能让他走呢？！

这……是他的父母……

他直奔刘翔家，见到刘翔的父母，苦口婆心地规劝。

你好！

孙教练，你好。

这孩子有天赋，不练就太可惜了。

这……

真诚之情感动了刘翔家人，刘翔再次回到体校，改练跨栏。

越来越有感觉，我不会是跨栏天才吧，哈哈。

唰！

很快，刘翔就一鸣惊人。

亚洲飞人

　　距比赛开始还有10分钟。刘翔静静地坐在起跑线前，目光投射在眼前10道高高的栏架上。110米外，是那道醒目的终点线。身旁，是7个如狼似虎的强悍对手……

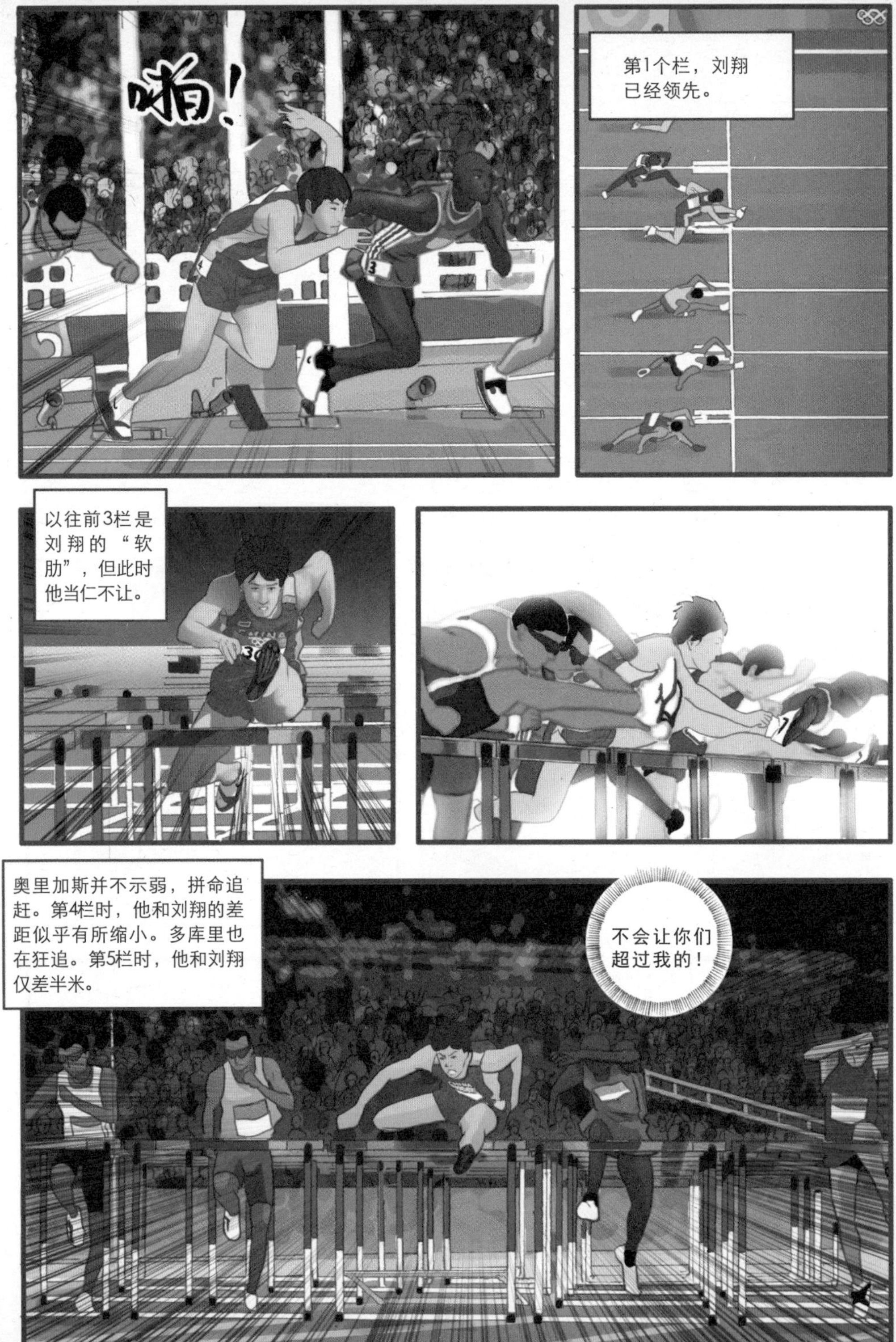
啪！
第1个栏，刘翔已经领先。
以往前3栏是刘翔的“软肋”，但此时他当仁不让。
奥里加斯并不示弱，拼命追赶。第4栏时，他和刘翔的差距似乎有所缩小。多库里也在狂追。第5栏时，他和刘翔仅差半米。
不会让你们超过我的！

不会让你们超过我的！

哈……

啊！！！

冠军是我的了！

啊！！！

刘翔！

刘翔！

刘翔！

刘翔！

12秒91！全场人惊呆了。刹那间，震耳欲聋的欢呼声响彻全场……

红色的刘翔，在红色的跑道上，谱写了历史！

　　刘翔于2000年获世界青年锦标赛男子110米栏第4名；2001年获全运会、东亚运动会、世界大学生运动会男子110米栏冠军；2002年世界室内田径大奖赛上平60米栏7秒55的亚洲记录；同年在瑞士洛桑国际田联一级大奖赛上以13秒12的成绩打破男子110米栏亚洲记录，排名世界第4；获亚锦赛男子110米栏冠军，第14届亚运会男子110米栏冠军，2003年获世界室内田径锦标赛男子60米栏第3名，结束了中国男选手在该项赛事中18年未夺牌的历史；同年7月获萨格勒布田径田联超级大奖赛亚军，巴黎世锦赛男子110米栏铜牌；2004年世界室内田径锦标赛，分别以7秒46和7秒43两次打破男子60米栏的亚洲室内记录并夺得亚军，再次书写了中国田径历史；同年大阪田径大奖赛，刘翔首次在与美国名将阿兰·约翰逊的同场竞技中取胜并夺得冠军，同时以13秒06的成绩再次刷新了室外110米栏亚洲记录。

狂奔的"黑马"——邢慧娜

　　在田径项目上一展风姿的不只是刘翔一个。北京时间8月28日凌晨4点，在田径女子10000米比赛中，20岁的中国选手邢慧娜从3名埃塞俄比亚强手中突出重围，凭借最后的冲刺，几乎领先对手5米，以30分24秒36获得冠军，为中国田径又添1枚闪亮的金牌。

❀邢慧娜举着国旗在场上奔跑

❀ 奔跑中的邢慧娜

水上双雄——孟关良、杨文军

　　8月28日，中国选手孟关良、杨文军在奥运会男子500米双人划艇决赛中，以1分40秒278的成绩夺冠。这是中国皮划艇项目的第1枚奥运金牌，也是中国水上项目在奥运史上所获得的第1枚金牌。让我们记住这两位水手的名字：孟关良和杨文军。是他们完成了中国代表团在第28届奥运会上水陆并进的夙愿。

　　在头一天的1000米比赛中，孟关良和杨文军只得了第9名，这个成绩对两人的打击是沉重的。主教练和水上中心的领导立即给孟关良和杨文军做思想工作，为他们打气："你们需要的是赛场上的杀气，你们是最优秀的！"28日早晨，雅典上空乌云遮日，加上2～3级的风，看上去是一个有利于运动员创造好成绩的理想天气。然而，在场的教练认为，这个风向对孟关良和杨文军不利！发令枪响了，本来以出发见长的孟关良和杨文军一下子落在了后面。比赛过半时，孟关良和杨文军出发时的落后局面虽然稍有缓解，但预赛第2名的古巴选手似乎已经确立了领先地位。孟关良和杨文军处惊不乱，奋起直追，配合快速的桨频，在400米处与古巴选手拉近了距离。终点就在眼前，几条皮艇齐头并进，奥运会百米飞人大战的场面又出现了。通过电子扫描撞线后，3对等待最后成绩公布的选手都在祈祷着。现场的解说员对谁率先撞线意见不一，希腊语解说员大声吼着"古巴"，法语解说员认为是俄罗斯，而英语解说员则大胆预测是"CHINA"。

孟关良和杨文军赢得胜利

男子500米双人划艇决赛

中国女排再创辉煌

❀ 时隔20年，中国女排再次站上奥运领奖台

女排决战惊心动魄、荡气回肠。中国女排绝地反击，连扳三局，来了个惊天大逆转，最终赢得冠军。

北京时间8月29日凌晨1点，女子排球决赛在和平与友谊体育馆拉开战幕。中国女排和俄罗斯女排成为这场赛事的主角。经过两个多小时的艰苦奋战，中国女排以3：2力克俄罗斯队，从而为中国代表团摘得这次奥运会第31枚金牌，也是集体项目的唯一一枚金牌。这是时隔20年后，中国女排再次站到奥运会最高的领奖台上。此场比赛中国女排在先失两局的情况下反败为胜，显示出了顽强的拼搏精神。这是中国女排继1984年洛杉矶奥运会后又一次获得奥运会冠军。

❀ 胜利的喜悦

第四章　走向辉煌

纵观中国代表团在第28届奥运会上的表现，尽管有个别项目表现不尽人意，但还是取得了巨大的成功：在田径、游泳和水上3个奖牌大项中，历史性地同时获得了单项冠军，其中田径男子短距离跨栏项目更是实现了飞跃性的突破，这些都为未来在这3个大项中取得更大、更全面的突破打响了前哨战；传统优势项目跳水、射击、举重，以及弱势项目田径的夺金数量都创下了历史新高，其中射击项目中几个以往实力比较弱的单项也取得了长足进步；网球、摔跤、皮划艇均首次夺取了奥运会金牌；女子排球在时隔20年后重新问鼎；击剑项目虽未获金牌，但奖牌数比往届有了增加，夺奖面也有了扩大；自行车历史性地首次获得了银牌；拳击和蹦床也都首次取得了奖牌；射箭、帆船都重新获得了奖牌；女子曲棍球虽未能实现赛前制定的冲击奖牌的目标，但也取得了历史最好的第4名。

　　与以上进步的项目相比，一些传统强项却在这届比赛中遭到了有力的挑战，尤其以体操、羽毛球、乒乓球和女子足球等最为明显。如何应对世界各队的挑战，继续保持优势项目的世界领先地位，是摆在4年后中国体育界面前的重要课题。

　　由于受到中国、澳大利亚和日本等国家的冲击，以往由美国、俄罗斯、德国三强称霸的格局已发生了显著变化。之前不少被这三家夺得的奖牌越来越多地流入了包括中国在内的其他代表团囊中。而中国冲击世界第一集团的趋势在悉尼奥运会上便已凸显出来，到了雅典奥运会则更加明显。虽然中国代表团一直保持低调，目标只是争取排在第二集团前列，但通过赛场上的竞争，悉尼奥运会上已经进入金牌数和奖牌数三甲行列的中国继续前行，不仅超过了以往三强中的俄罗斯和德国，而且还大踏步地逼近世界体坛第一强国——美国。

🏅 台湾选手朱木炎勇夺冠军

　　中国台北选手也在雅典奥运会上取得了历史性的突破。在跆拳道比赛开赛的第一天，陈诗欣在女子负49公斤级、朱木炎在男子负58公斤级中就先后奏凯，包揽了当天产生的所有跆拳道金牌，也为中国台北首次夺取了奥运会金牌。

🏅 我们都有一个共同的理想，就是让祖国因为我们而更加强大

119

第四章　走向辉煌

8月29日，燃烧了17天的第28届奥运会圣火，在雅典奥林匹克体育场渐渐熄灭。

闭幕式上，奥运会会旗的交接仪式令人激动而自豪：北京市市长、北京奥组委执行主席王岐山，从国际奥委会主席罗格手中接过五环旗。随后，来自北京的年轻人以具有浓郁民族特色的文艺表演，表达了对全世界客人的欢迎之情。

随着富有中国特色的京剧和民歌《茉莉花》旋律在现场的响起，奥运圣火将重新出发，前往它新的目的地——北京。

对于中国来说，雅典只是预演，真正的盛宴在4年后的北京。

在闭幕式的旗帜交接仪式上，北京市市长王岐山挥舞着奥运会会旗

雅典奥运会闭幕式

第20届冬奥会

第20届奥林匹克冬季运动会于2006年2月在意大利西北部山区的都灵举行。来自80个国家和地区的2600多名运动员参加了这次冬奥会，并创造了历年来参赛代表团和运动员人数最多的冬奥会记录。

在这次冬奥会中，德国、美国和奥地利分别名列前三，中国队以2金4银5铜的成绩排在第14位。

这届冬奥会中国派出了由151人组成的代表团。代表团中运动员76人，包括杨扬、王濛、申雪/赵宏博、王曼丽、李妮娜等优秀选手。这是自1980年我国首次参加冬奥会以来派出的规模最大的冬奥会代表团，参赛人数创下中国参加冬奥会运动员人数最多的记录。

冰雪项目中，论水平和成绩，中国一直是"雪不如冰"。而在都灵冬奥会中，由于韩晓鹏在自由式滑雪男子空中技巧项目中一鸣惊人，夺得金牌，不平衡状况开始发生变化。

121

第四章 走向辉煌

获奖后的韩晓鹏跳到场地中央，挥舞着五星红旗，忘情地振臂高呼

▶都灵雪场的王子——韩晓鹏

🏅12岁的韩晓鹏开始了雪上生涯

在这届冬奥会上，男队在赛前并不被看好，代表团内部认为如果能夺得一枚奖牌那就是胜利。正是这种释然的心态使得韩晓鹏在最后的决赛中稳定发挥，一举夺得了这枚历史性的金牌。

1995年，12岁的韩晓鹏因为良好的身体条件而被选入沈阳体育学院的自由式滑雪队。当时他还没有见过真正的雪。

经过几年严格的训练，韩晓鹏开始展现出不凡的身手：1999年获得冬运会自由式滑雪空中技巧第2名；2000获得全国锦标赛个人冠军；2003年获得美国世界杯银牌；2005年获得澳大利亚世界杯银牌。

2006年，韩晓鹏来到了期盼已久的奥运赛场。在决赛的两跳中，韩晓鹏保持着高度的自信，鲲鹏展翅般腾空而起，落地则纹丝不动。第一跳时，裁判竟然给出了满分，第二跳的成绩也接近于该难度所能获得的最高分数。最终，他战胜了欧洲国家的众多强手，如愿以偿获得金牌。

有人评价，韩晓鹏在一夜之间完成了中国冰雪运动的三大突破:首次获得冬奥会雪上项目的金牌，中国男选手首次获得冬奥会金牌，中国冰雪运动"从点到面"的突破。

尾声 百年奥运梦，一颗中国心

2008年8月8日，举世瞩目的第29届奥林匹克夏季运动会将在北京隆重召开。
从此，世界奥运史上将永远留下了属于中国人的辉煌一笔！
宏伟壮丽的"鸟巢"拔地而起，
千万健儿摩拳擦掌、跃跃欲试，
世界各国的首脑要人纷纷来贺，
全球鼎沸，尽在我神州中华！

让我们回到100年前，
天津第六届校际运动会，
墙上的标语赫然写道：

什么时候中国能派出一成绩优秀的运动员去奥运会？
什么时候中国能派出一成绩优秀的运动队去奥运会？
什么时候中国能邀请世界各国到北京来举行奥运会？

让我们感谢这些先人吧！
虽然他们无法看到这最终的圆满答案，
但正是他们用满腔热忱播下了梦的种子，
然后由千千万万的炎黄子孙一代一代前仆后继，义无返顾，
将百年中华奥运梦
成为现实！

让我们回到99年前，
上海，精武体操会简陋的会所之中，
民族英雄霍元甲慷慨陈词：
国民欲拒辱，必当自强，
愿海内同胞，振奋精神，
加入斯道，强魄健体，
使我中华大地，再现勃勃生机，
使四万万之众，皆成健儿，
中华必将振兴，
民族必有希望。

让我们回到98年前，
让我们回到97年前、96年前……

让我们回到半年前，
一场铺天盖地的雪灾席卷了半个中国，
却没有压垮我们的意志；

让我们回到三个月前，
一场突如其来的特大地震袭击了汶川，
却无法摧毁我们的骨肉团结！

中国人的奥运梦，
从来都不是只有鲜花和欢笑，

中国人的奥运梦，
展示了中国
从苦难中艰辛崛起，
在困顿中奋发图强的民族魂！
太多的冷眼和嘲讽我们已经承受，
太多的拒绝和失落我们终将告别！

我们相信，这些最后的磨难，
最终也会被我们轻轻擦去。

2008年8月8号，

我们会用最真诚的笑容和最宽广的胸怀，
向世界敞开我们的心扉——
中国人的奥运梦，
就是要向全世界宣布：

我们是有尊严、有梦想、有爱心的、坚强勇敢的中国人！